AF347367

LINNÉ, L'IRIS

ET

LA LYRE.

LINNÉ, L'IRIS

ET

LA LYRE,

PAR

MADAME AMABLE TASTU,

Associée-libre de la Société Linnéenne de Paris.

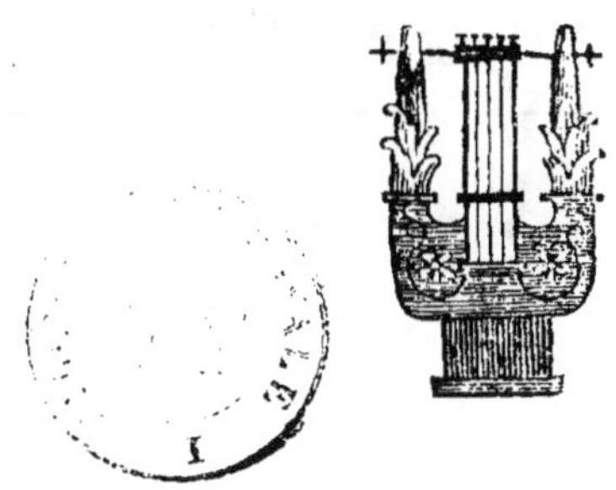

PARIS,

D'HAUTEL, IMPRIMEUR DE LA SOCIÉTÉ LINNÉENNE,

RUE DE LA HARPE, N°. 80.

1822.

Extrait du 1ᵉʳ. volume des Mémoires de la
Société Linnéenne de Paris et de la Rela-
tion de sa Fête du 24 mai 1822.

LINNÉ,

STANCES. (1)

CONNAISSEZ-VOUS ces bords qu'arrose la Baltique,
Et dont les souvenirs, aimés du Barde antique,
Ont réveillé la harpe amante des torrens ?
Connaissez-vous ces champs qu'un long hiver assiège ;
L'orgueil des noirs sapins que respecte la neige ;
Ces rocs couverts de mousse, et ces lacs transparens ?

D'un rapide printemps la fugitive haleine,
Y ranime en passant et les monts et la plaine ;
Un prompt été le suit, et prodigue de feux,
Se hâte de mûrir les trésors qu'il nous donne ;
Car l'hiver menaçant laisse à peine à l'automne,
Le temps de recueillir ses présens savoureux.

Mais ces rares beaux jours, quel charme les décore!
La nuit demi-voilée y ressemble à l'aurore.
Une molle douceur se répand dans les airs ;
Et cette heure rapide où le soleil repose,
Glisse avec le murmure et les parfums de rose
Des bouleaux agités par la brise des mers.

Hâtez-vous de goûter d'éphémères délices ;
L'hiver qui vous poursuit de ses tristes prémices,
D'un givre étincelant a blanchi ces climats :

---

(1) Lues à la séance publique du 28 décembre 1821.

Bientôt l'onde s'arrête à sa voix redoutable,
Et dans les champs muets que son empire accable,
D'une haleine puissante il soufle les frimas.

O terre belliqueuse, âpre Scandinavie!
Si tes chantres guerriers renaissaient à la vie,
Ils ne vanteraient plus un courage indompté.
Tes enfans aujourd'hui, loin des champs de la guerre,
Trouvent une autre gloire, et la fleur passagère
Leur suffit pour fonder leur immortalité.

Que voulez-vous de moi, vous dont l'expérience
Sur les pas de LINNÉ ramène la science?
Pourquoi demandez-vous mes timides accords?
Mon luth s'éveille à peine, et sa faible harmonie
N'oserait point encor consacrer au génie
Des accens incertains et d'impuissans efforts.

O LINNÉ! mon regard suivant ta vie entière,
Peut-il compter les pas de ta noble carrière,
Peindre tes premiers jeux, ton premier souvenir,
Ce jardin, lieu si cher à ton adolescence,
Où le génie enfant révélant sa puissance
Promettait à la terre un savant avenir?

Dirai-je tes débuts au sentier de l'étude,
Alors que du malheur le joug pesant et rude,
Entravait tous tes pas d'obstacles renaissans?
Ou la main d'OLAüS, à ta noble indigence,
Imposant ce fardeau de la reconnaissance
Qui te suivit encor sous la glace des ans?

Mais l'amour t'apparut. A la fois tendre et sage
Il paya de ses dons ce fortuné voyage,
Qui t'ouvrit le premier le temple du savoir.

Et sûre de ta foi, ta jeune fiancée,
Par des songes heureux , tranquillement bercée,
Attendit le retour promis à son espoir.

Bientôt, suivant des fleurs la déesse volage,
Elle entraîne tes pas chez le Lapon sauvage,
Où ses traits sont cachés sous un voile glacé.
Et t'appelant plus tard aux plaines du Batave ,
Elle étale à tes yeux, pompeusement esclave,
Le symétrique éclat de son front nuancé.

Près des murs de Harlem, temple chéri de Flore,
Tu devais, ô LINNÉ! voir ton bonheur éclore.
La fortune t'ouvrit les jardins de Cliffort :
Mais de ses premiers dons, exigeant le salaire,
Elle rompit les nœuds d'une amitié trop chère ,
Et du sage ARTÉDI te fit pleurer la mort.

O qui dira les fruits de tes veilles savantes ;
Le sexe, les amours , et lès tribus des plantes
Révélés à la fois à tes regards certains!
Et des règnes divers tous les sujets dociles;
L'insecte fugitif, les métaux, les fossiles
Courant obéissans se ranger sous tes mains!

Mais vous m'abandonnez, ô Vierges du Permesse!
Votre fuite rapide a trahi ma faiblesse ;
Et je sens expirer mes timides accens.
Venez, maîtres heureux de ses cordes mobiles,
Venez, ôtez la lyre à mes mains inhabiles :
C'est de vous qu'un grand homme attend un digne encens.

Vous chanterez du Nord l'éclatante lumière ;
Mais votre voix bientôt, plus fidèle et plus fière,
Dira qu'un nom français fut aussi couronné.

(8)

Les pas de TOURNEFORT, guidés par la nature,
Sont empreints les premiers dans cette route obscure
Où leur trace savante a dirigé LINNÉ.

Oui, vous peindrez LINNÉ, l'orgueil de sa patrie,
Entouré de ses fils, d'une épouse chérie,
Riche à la fois de biens, et de gloire, et d'honneur ;
Et vous direz qu'alors la fortune bizarre
A la voix du génie ouvrant sa main avare,
Pour la première fois lui laissa le bonheur.

Quand un trépas tardif vint clore sa paupière,
Vous peindrez son pays, son roi, l'Europe entière,
D'un regret solennel honorant ses adieux :
La nature voilée, immobile, muette,
Pleurant, dans un long deuil, l'éloquent interprête
Qui lut de ses secrets l'ordre mystérieux.

Quel succès vous attend, quand d'un essor sublime,
Vos accords offriront à la publique estime
Ces noms, de l'univers le triomphe et l'orgueil !
Vous, fils mélodieux d'une patrie aimée,
Elle fie à vos mains l'agile Renommée :
De l'immortalité la Lyre ouvre le seuil !

O fortuné pays, ô chère et noble France !
Doux climat, sol fécond, berceau de la vaillance,
Asile accoutumé des talens immortels !
Du Génie étranger honore la mémoire.
En vain le monde entier proclamerait sa gloire
Si l'encens de tes fils manquait à ses autels !

————

L'IRIS,

IDYLLE. (1)

> « Là j'épie à loisir la Nymphe........
> « Qui dort, et sur sa main, au murmure des eaux,
> « Laisse tomber son front couronné de roseaux. »
>
> ANDRÉ CHÉNIER.

LE souffle ardent précurseur de l'orage
Brûlait au loin le feuillage mourant ;
Pourtant le ciel d'un azur éclatant
    N'était voilé d'aucun nuage.
L'astre du jour de rayons dévorans
    Inonde les tristes prairies ;
L'oiseau se tait, les fleurs tombent flétries,
Et les troupeaux demeurent haletans
    Au bord des fontaines taries.
Près de ces lieux, au pied d'un vert coteau,
Est une grotte obscure et solitaire,
    Où, sur sa couche de fougère,
Dormait alors la Nymphe d'un ruisseau.
Elle ne quittait point sa demeure chérie,
Ses compagnes en vain formant des jeux divers,
Glissaient d'un pied léger sur la verte prairie ;
La Nayade fuyait leur danse et leurs concerts.
Elle aimait à rêver dans sa grotte profonde,
    A savourer la fraîcheur de ses eaux,

---

(1) Lue à la séance du 6 décembre 1821.

A rassembler sa chevelure blonde,
A couronner son beau front de roseaux;
Et lentement de son urne penchée
Coulait sans bruit une source cachée.
        Elle entendait les chœurs joyeux
        Formés par les Nymphes riantes;
Son oreille suivait leurs cadences errantes,
Que répétait la flûte aux sons mélodieux:
Cet antique instrument, dont la molle harmonie
Adoucit les échos de l'âpre Béotie,
Enchantait son repos. Aujourd'hui tout se tait,
Pas un souffle dans l'air, un bruit dans la forêt.
De ce calme étonnant la Nayade troublée
Abandonne son urne et son asile frais.
Long-temps d'un jour brûlant sa paupière accablée
Lui dérobe l'aspect des arides guérets;
Elle découvre enfin la campagne jaunie.
Du sein des bois déserts la fraîcheur est bannie:
Son regard s'obscurcit d'une amère douleur,
Et le regret tardif s'éveille dans son cœur.
Tout périt, se dit-elle, et de mes mains tranquilles
Je vois couler sans fruit des ondes inutiles;
Il en est temps encor, rendons l'ombre à ces bois,
Les fleurs et les gazons vont renaître à ma voix.
Elle court, et soudain saisit son urne oisive
L'onde s'enfle et gémit; le sol qui la captive
        A ses efforts cède et se rompt.
        Déjà d'un diadême humide
        Le roi sauvage orne son front;
        Et bientôt le flot plus rapide
        Gronde et roule au fond du vallon.
        Partout dans sa course incertaine
        Il porte la fertilité,
Et quand l'ombre du soir se répand sur la plaine,

Les champs ont repris leur beauté.
La Nymphe, heureuse alors, contemple son ouvrage,
Tant qu'un rayon du jour dore le paysage ;
Le sommeil et la nuit viennent fermer ses yeux ;
Le murmure des eaux, de souvenirs heureux,
Enchante sa pensée et prolonge sa veille :
La fatigue l'endort, le plaisir la réveille.
Pour écouter encor elle combat en vain,
Et son urne féconde échappe de sa main.
Le matin diligent la surprend endormie.
Est-ce un songe nouveau ? Quelle douce harmonie,
Confiant ses accords à l'haleine des vents,
Célèbre la Nayade et ses flots bienfaisants !
Habitans de nos bois, Faunes, Nymphes, Dryades,
Déités des coteaux, légères Oréades
Je reconnais vos voix, chantez dans vos concerts
Le ruisseau protecteur de vos bocages verts.

O fleurs décorez cet asile,
Naissez au sein de ces roseaux ;
Embellissez ce lieu tranquille ;
Inclinez vos fronts sur les eaux.

Son onde a reverdi nos plaines,
Rendu la fraîcheur à ces bois,
Aux Zéphirs leurs douces haleines
A nous les plaisirs et la voix.

Vous lui porterez notre offrande
Tribut à ses nombreux bienfaits ;
Roseaux qui formez sa guirlande,
De fleurs parez-vous désormais.

Charmant ruisseau, ton sein fidèle
Reçoit l'éclat de mille fleurs ;
La fleur qui doit naître pour elle
Brillera de mille couleurs.

Viens sourire à la fleur nouvelle,
Nymphe, elle est digne de ce prix,
L'émail dont sa feuille étincelle
Rappelle l'écharpe de l'Iris.

O fleurs décorez cet asile,
Naissez au sein de ces roseaux;
Embellissez ce lieu tranquille:
Inclinez vos fronts sur les eaux!

La Nayade s'étonne et croit rêver encore :
Bientôt son cœur palpite, et son front se colore :
On l'appelle à grands cris; contente, sans orgueil,
De sa retraite sombre elle franchit le seuil;
Et paraît aux regards de ses jeunes compagnes,
Comme un rayon du jour sur le haut des montagnes.
Quel spectacle nouveau! De ses rocs menaçans
Les flancs nus sont voilés d'une tendre verdure,
Et ses roseaux chéris, agités par les vents,
Balancent à ses yeux leur naissante parure.
Emue elle se tait; par les mains de ses sœurs
Son front est couronné d'une chaîne de fleurs:
Elle reçoit leurs vœux, et de sa bienfaisance
Ce triomphe flatteur devient la récompense.
La fin de ce beau jour s'écoula dans les jeux;
Et l'étoile du soir paraissant dans les cieux,
Entendit de leurs chants les notes expirantes,
Et les derniers accords des lyres frémissantes.

A L'ÉTOILE DE LA LYRE,

ODE. (1)

Sur les monts vaporeux la nuit jette ses voiles :
Mon œil suit lentement sa marche dans les cieux :
Et je vois s'avancer, resplendissant d'étoiles ,
    Son char silencieux.

Le vent du soir émeut les feuilles vacillantes ;
L'hymne de Philomèle éveille les échos :
Et des célestes feux, les images tremblantes
    Cintillent sur les eaux.

L'air plus frais et plus pur dérobe à nos prairies,
Ces parfums ravissans délices de la nuit :
Et mollement bercé de vagues rêveries,
    Le temps coule sans bruit.

O nuit ! dans quels transports se perd l'âme égarée ,
Alors que parcourant l'immensité du ciel ,
On compte ces soleils, de la plaine éthérée
    Ornement immortel !

Mais nous cherchons en vain le but de leur carrière,
Une fin, à leur cours, inégal ou constant ,
Et pour nos yeux déçus cet amas de lumière
    N'est qu'un voile éclatant.

(1) Cette pièce de vers a obtenu une Amaranthe d'or
aux Jeux Floraux, concours de 1821.

La Grèce y lut du moins son histoire brillante ;
Et j'aperçois encor près de ses demi-dieux,
Le fabuleux dauphin, la flèche étincelante,
        Et l'aigle radieux.

Toi que chérit surtout la nuit mystérieuse,
Sur son front azuré verse un plus doux rayon ;
Toi qui brillas jadis, lyre mélodieuse,
        Dans les mains d'Arion.

Alors de tes accords les puissances secrettes
Enchaînaient sous ta loi les monstres des déserts,
Les arbres, les rochers et les tribus muettes,
        Hôtes des vastes mers.

Alors tes nobles sons, en prodiges fertiles,
Rassemblaient les humains errans au fond des bois ;
Aux champs Béotiens créaient soudain les villes,
        Et leur donnaient des lois.

Reine de l'avenir, et fille du génie,
La lyre aux jeux de Mars appelait les guerriers,
Célébrait leurs exploits, et sa mâle harmonie
        Dispensait les lauriers.

Haletant du triomphe un athlète intrépide
Apparaît : épuisé de tant d'assauts divers,
Quels biens lui sont promis ? les chants de Simonide
        Et des feuillages verts.

Lyre ! qui te rendra ta divine influence,
Et les magiques sons qui soumettaient nos cœurs ?
Ah ! ressaisis tes droits, et répands sur la France
        Tes antiques faveurs !

Oui, les fils glorieux de nos belles contrées
Rappelleront l'éclat de ton premier pouvoir :
Déjà le monde écoute, et les harpes sacrées
            Vont bientôt s'émouvoir.

Entendez, entendez de la lyre agrandie
D'innombrables accords s'élancer à la fois!
Les uns iront porter leur fière mélodie
            A l'oreille des Rois.

D'autres, enfans heureux d'une terre adorée,
Réveilleront l'écho de ses jours glorieux,
Ou raviront pour elle, à la corde inspirée
            Des pleurs harmonieux.

Et vous, accords divins, accords dont le Prophète
Endormait dans Juda de royales fureurs,
Dans les cœurs agités, appaisez la tempête
            Des coupables erreurs.

Alors que mon pays, soumis à ta puissance,
Lyre, s'applaudira de tes hymnes touchans,
Moi, pensive, de loin, dans un joyeux silence,
            J'écouterai ces chants.

Astre consolateur, ma voix faible et craintive
Ne se mêlera point à tes nobles concerts ;
Mais je laisse pour toi sa douceur fugitive
            S'exhaler dans les airs.

J'attache un œil rêveur sur tes clartés mobiles,
Surce front lumineux, dans l'onde répété ;
Et sous mes doigts distraits, quelques notes faciles,
            Honorent ta beauté.

Des bords de l'Orient s'élançant dans l'espace,
Dès que le roi du jour sur son empire a lui,
On oublie à la fois les astres qu'il efface,
  On ne voit plus que lui.

Toi, fille de la nuit, quand les ombres fidèles,
Des champs aériens rembrunissent l'azur,
Sans éclipser tes sœurs, tu répands auprès d'elles,
  Un feu tranquille et pur.

Une gloire semblable est la seule où j'aspire ;
C'est d'un pareil destin que mon cœur est jaloux,
Ah ! dans la nuit des ans, laisse briller ma lyre
  De rayons aussi doux.